발자국

발자국

발 행 | 2022. 1. 20.

펴 낸 곳 | 주식회사 부크크
지 은 이 | 김현령
지도·감수 | 강정희, 서영희
주 관 | 부천시
시 행 | 부천시립상동도서관, 부천부흥중학교
주 소 | 서울특별시금천구가산디지털1로119 SK트윈타워A동305호
전화 | 1670-8316
이메일 | info@bookk.co.kr
isbn->979-11-372-7117-3

이 책은 유네스코(UNESCO)문학창의도시 부천시가 주관하고 부천시립상동도서관이
시행하는 〈중학생 대상 일인일저 책쓰기〉프로그램에 의해 출간되었습니다.

발자국

추운 칼바람이 부는 그날이었어요.

우리는 상상도 하지 못할

추위를 견디고 있는 한 마리의 아기 펭귄이 있었어요.

아기 펭귄의 기억은 거기부터였어요.

아무도 없는 차가운 눈길.

어딜 향해서 걷고 있었는지 모를 아기 펭귄 한 마리

아기 펭귄은 생각했어요.

내가 왜 이 곳에 있는 것이지?

나는 어디를 향해서

발걸음을 옮기고 있었던 것이지?

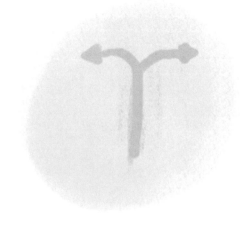

아기 펭귄은 생각하고. 또 생각했어요.

나는 이제 어딜 향해 발걸음을 옮겨야 하지?

그러다 아기 펭귄은 문득
자기가 걸어왔던 길을 다시 돌아봤어요.

아기 펭귄의 눈에 들어온 것은
다름 아닌 아기 펭귄이 걸어온 길에
남아있는 발자국이었어요.
그때 기막힌 생각이
아기 펭귄의 머릿속을 스쳐 지나갔어요.

"내가 걸어온 길이 발자국으로 남아 있으니
나의 발자국을 따라 걸어볼까?"
아기 펭귄은 남아있는 발자국을 따라
걷고. 또 걸었어요.

그러다 또 문득 아기 펭귄은 의구심이 들었어요. 내 발자국을 따라가면 어디로 도착하게 되는 거지?
도착한 곳은 나의 집인가?

만약 집이라면 그곳엔 누가 있지?
아기 펭귄은 혼자 쓸쓸하게
눈길을 계속 걸어갔어요.
아기 펭귄은 씩씩했어요.
어디로 가는지 모르지만 씩씩했어요.

그렇게 계속 걷다 보니 토끼 한 마리를 만났어요.
토끼는 아기 펭귄에게 말을 건넸어요.

"안녕? 어디로 가고 있어?"

아기 펭귄이 대답했어요.
"몰라."
토끼가 의아해하며 말을 이었어요.
"그럼 나랑 같이 우리 집으로 갈래?"

아기 펭귄은

처음으로 혼잣말이 아닌 친구와 말을 했다는

사실에 마음이 따듯해졌지만

집에 간다는 건 조금 고민스러웠어요.

'이렇게 가면 뭐가 나올지도 모르는데
그냥 토끼네 집으로 갈까?'

토끼가 고민하는 아기 펭귄의 모습을 보고
답답해하며 말했어요.

"고민할 거 없어. 이렇게 떠돌기만 하면
넌 언젠가 죽을지도 몰라.
그러지 말고 우리 집으로 가자.
너 어디로 가는지도 모르잖아!"

아기 펭귄은 죽을지도 모른다는

토끼의 말에 겁이 났어요.

그래서 토끼를 따라갔어요.

토끼는 앞장 서서
한 발자국 한 발자국 나아갔어요.
그렇게 토끼와 아기 펭귄은
한참을 걸어갔어요.

아기 펭귄이 말했어요.
"토끼야 언제 도착해?"
토끼가 대답했어요.
"거의 다 왔어.조금만 더 걸으면 돼!"
그 사이 눈은 더욱 많이 내려
소복소복 쌓여갔어요.

바람도 더욱 강하게 불었어요.
눈 앞이 안보일 정도로 거세게 불었어요.

"토끼야, 진짜 거의 다 온 거 맞지?"

"그렇다니까~ 저기 바위만 올라가면 돼."

토끼의 말은 진짜였어요.

눈 앞에 언덕만큼 큰 바위가 있었고,

그 위에 아주 작게 집 한 채가 보였어요.

큰 바위는 매우 가팔랐어요.
그런데도 토끼는 아주 잘 폴짝폴짝 뛰어 올라갔어요.
하지만
아기 펭귄은 짧은 다리 때문에 올라가기가 힘들었어요.

"펭귄아, 조심해서 올라와, 뭐
펭귄이라면 모두 아빠에게 수영을 배우니깐
빠져도 올라오면 그만이지만."

"아빠랑? 난 아빠가 없어."

"뭐?그럼, 수영도 못한단 말이야?"

"응."

"뭐,나도 못하니깐, 나중에
수영 잘하는 펭귄을 소개해 줄게."

토끼와 대화하며

뒤뚱뒤뚱 위태롭게 올라가는 중에

바람이 더욱 거세게, 아주 거세게 불어왔어요.

아기 펭귄이 몸을 주체하지 못하고

그만 발을 헛디뎠어요.

그대로 바다에 풍덩! 빠져버렸어요.

아기 펭귄은 헤엄을 치지 못했기 때문에
가라앉고 있었어요.
토끼는 아기 펭귄이 바다에 빠져 보이지 않자
안절부절못하며 울상인 채로 발을 동동 굴렀어요.
아기 펭귄은 바다에서 빠져 나오려고
작은 발로 첨벙첨벙 거렸지만
계속 가라앉을 뿐이었어요.

풍덩!

그때 다른 어른 펭귄이 물속에서 나타나
아기 펭귄을 잡고 물 위로 올라왔어요.
토끼는 안도의 한숨을 내쉬었지만
동시에 펭귄이 걱정되었어요.
토끼는 처음으로 자신이 친구를 위해
물에 뛰어들 수 없다는 게 원망스러웠어요.

어른 펭귄은 아기 펭귄을 보자마자 한눈에 알아보았어요.

어른 펭귄은 아기 펭귄이 눈을 뜨지 못하자
더 빨리 날개를 움직였어요.
하지만 가엾은 아기 펭귄은 정신을 잃고 말았어요.
어른 펭귄은 아기 펭귄을 살려내려고
온갖 방법을 다 써보았어요.
따듯한 물로 온몸의 털을 닦아 주었고,
수건을 이마에 올려 놓고,
아기 펭귄이 깨어나면 먹일 약도 달여 놓았지요.
그리고는 침대 옆에서
아기 펭귄의 작은 날개를 잡고 기도했어요.

"신이시여,
　이 작고 여린 아기 펭귄을 버리실 수야 없습니다."

　대체 이는 누구이기에
　아기 펭귄을 살리는데 이토록 정성을 들일까요?

어른 펭귄이 깨어나라고 기도한 것을 아는지
얼마 지나지 않아 아기 펭귄이 눈을 떴어요.
아기 펭귄은 놀란 어른 펭귄을 보자
마음이 따듯해지는 걸 느꼈어요.

토끼를 만났을 때와는 비교도 되지 않는
온도가 느껴졌어요.

"당신을 보니 마음이 따듯해지고
하나도 춥지 않아요.
나에게 마법이라도 건 건가요?"
아기 펭귄은 놀라 물었어요.

어른 펭귄은 무슨 까닭인지 눈물을 흘렸어요,

아기 펭귄은 자신보다 훨씬 큰 펭귄이

아기처럼 울자

이상하다고 생각했어요.

"왜 울어요?

난 추운 눈길에서도,

빠져 친구를 잃었을 때도 울지 않았는데요.

울지 말아요. 어른이잖아요."

어른 펭귄은 아기 펭귄이 누구이고
왜 홀로 눈길을 떠돌고 있었는지 알려 주었어요.
말하면서도 눈물을 멈추지 않아
아기 펭귄은
휴지로 어른 펭귄의 눈가를 닦아 주면서
이야기에 집중했어요.

"네가 나랑 수영 연습을 하다가 큰 파도에 휩쓸렸어.
 내가 잡았어야 했는데, 미안해."

"잠깐,내가 당신이랑 수영 연습을 했다고요?"
  아기 펭귄은 아까 토끼가 한 말을 떠올렸어요.
"나의 가족? 아빠? 아빠에요?'
  어른, 아니 아빠 펭귄은 고개를 끄덕였어요.

아기 펭귄은 드디어 자기가 어디서 왔는지,
왜 여기에 혼자 있었는지,
어디로 가야 하는지 깨닫게 되었어요.

이젠 아빠 펭귄을 만났으니

아빠 펭귄의 뒤를 쫓아,

발자국을 쫓아 집으로 돌아가요.

작가의 말

처음 이 그림책을 쓰려고 결심한 이유는 소설, 에세이를 써내기에는 저 자신이 많이 부족하다고 느꼈습니다. 그래서 '그림책을 한번 써볼까?'라는 생각을 하게 된 겁니다. 처음엔 간단할 줄만 알았던 그림책이 계속 쓰면서 또 소설과는 다른 어려움이 있더라고요. 그런 어려움을 겪으며 저 자신이 한층 더 성장할 수 있었던 시간이었습니다. 제가 쓴 그림책을 완벽히 만족하진 않지만, 계속 지금처럼 연습을 하다 보면 만족할 때가 올 것이라고 믿습니다!

마지막으로 제가 책을 써낼 수 있도록 도움을 주신 분들! 부천시립상동 도서관, 강정희 선생님, 그리고 서영희 선생님! 감사합니다.

편집 후기

수업 중에 쓴 글 중에 친구라는 글이 있습니다.

친구는 나이와 상관없이, 인종과 상관없이 누구나 친구가 될 수 있다.. 나이가 많으신 할머니, 할아버지와도 친구가 될 수 있고, 말이 잘 통하지 않는 외국인들과도 친구가 될 수 있다. 이처럼 친구는 나이 상관없이, 인종 상관없이 마음만 맞으면 친구가 될 수 있다고 생각한다.

저도 작가님과 친구가 될 수 있다는 소망을 가져봅니다.

멋진 작가님을 응원하고 지지합니다.

(편집자: 강정희 2021. 12. 29.)

발자국(스토리보드)

추운 칼바람이 부는 그 날이었어요. 우리는 상상도 하지 못할 추위를 견디고 있는 한 마리의 아기 펭귄이 있었어요.

아기펭귄의 기억은 거기부터였어요. 아무도 없는 차가운 눈길, 어딜 향해서 걷고 있었는지 모를 아기 펭귄 한 마리.

아기 펭귄은 생각했어요.
내가 왜 이곳에 있는 것이지?
나는 어디를 향해서 발걸음을 옮기고 있었던 것이지?

아기 펭귄은 생각했어요. 또 생각했어요. 나는 이제 어딜 향해 발걸음을 옮겨야 하지?

그러다 아기 펭귄은 문득 자기가 걸어왔던 길을 다시 돌아봤어요.

아기 펭귄의 눈에 들어온 것은 다름 아닌 아기 펭귄이 걸어온 길에 남아있는 발자국이었어요. 그때 기막힌 생각이 아기 펭귄의 머릿속을 스쳐 지나갔어요.

"내가 걸어온 길이 발자국으로 남아 있으니 나의 발자국을 따라 걸어볼까?"
아기 펭귄은 남아있는 발자국을 따라 걸었어요. 또 걸었어요.

그러다 또 문득 아기 펭귄은 의구심이 들었어요. 내 발자국을 따라가면 어디로 도착하게 되는 거지? 도착한 곳은 나의 집인가?

만약 집이라면 그곳엔 누가 있지? 아기 펭귄은 혼자 쓸쓸하게 눈길을 계속 걸어갔어요. 아기 펭귄은 씩씩했어요. 어디로 가는지 모르지만 씩씩했어요.

그렇게 계속 걷다 보니 토끼 한 마리를 만났어요. 토끼는 아기 펭귄에게 말을 건넸어요.

"안녕! 넌 어디로 가고 있어?" 아기 펭귄이 대답했어요. "몰라." 토끼가 의아해하며 말을 이었어요. "그럼 나랑 같이 우리 집으로 갈래?"

아기 펭귄은 고민스러웠어요.
'이렇게 가면 뭐가 나올지도 모르는데 그냥 토끼네 집으로 갈까?' 토끼가 고민하는 아기 펭귄의 모습을 보고 답답해하며 말했어요.

"고민할 거 없어. 이렇게 떠돌기만 하면 너 언젠가 죽을지도 몰라. 그러지 말고 우리 집으로 가자. 너 어디로 가는지도 모르잖아!" 아기 펭귄은 죽을지도 모른다는 토끼의 말에 겁이 났어요.

그래서 토끼를 따라갔어요

토끼는 앞장 서서 한 발자국 한 발자국 나아갔어요. 그렇게 토끼와 아기 펭귄은 한참을 걸어갔어요.

아기 펭귄이 말했어요. "토끼야 언제 도착해?"
토끼가 대답했어요. "거의 다 왔어 조금만 더 걸으면 돼!" 그 사이 눈은 더욱 많이 내려 소복소복 쌓여갔어요.

바람도 더욱 강하게 불었어요. 눈 앞이 안보일 정도로 거세게 불었어요.

"토끼야, 진짜 거의 다 온 것 맞지?"

"그렇다니까~ 저기 바위만 올라가면 돼."

토끼의 말은 진짜였어요. 눈 앞에 언덕만큼 큰 바위가 있었고, 그 위에 아주 작게 집 한채가 보였어요.

큰 바위는 매우 가팔랐어요. 그런데도 토끼는 폴짝폴짝 아주 잘 뛰어 올라갔어요. 하지만 아기 펭귄은 짧은 다리 때문에 올라가기가 힘들었어요.

뒤뚱뒤뚱 위태롭게 올라가는 중에 바람이 더욱 거세게, 아주 거세게 불어왔어요.

아기 펭귄이 몸을 주체하지 못하고 그만 발을 헛디뎠어요.

그대로 바다에 풍덩! 빠져버렸어요.

아기 펭귄은 아직 수영하는 법을 익히지 못했어요. 토끼는 아기 펭귄이 바다에 빠져 죽은 줄 알고 슬퍼했어요.

아기 펭귄은 바다에서 빠져 나오려고 첨벙첨벙거렸지만 계속 가라 앉았어요.

그때 다른 어른 펭귄이 물속에서 나타나 아기 펭귄을 잡고 물 위로 올라갔어요.

어른 펭귄은 아기 펭귄을 보자마자 한눈에 알아보았어요.

어른 펭귄은 아기 펭귄의 아빠였어요. 하지만 아기 펭귄은 정신을 잃고 말았어요.

아빠 펭귄은 아기 펭귄을 살려내려고 온갖 방법을 다 써보았어요.

얼마 지나지 않아 아기 펭귄이 눈을 떴어요. 아기 펭귄은 기억이 돌아왔는지 아빠 펭귄을 알아봤어요.

아기 펭귄은 드디어 자기가 어디서 왔는지, 왜 여기에 혼자 있었는지, 어디로 가야 하는지 깨닫게 되었어요.

아기 펭귄은 아빠 펭귄과 수영 연습을 하다 큰 파도에 휩쓸려 그만 여기까지 떠내려오게 된 것이었어요.
이젠 아빠 펭귄을 만났으니 아빠 펭귄의 뒤를 쫓아, 발자국을 쫓아 집으로 돌아가요.